詩集

風駅

山本みち子

土曜美術社出版販売

詩集　風駅＊目次

I

Ⅱ

Ⅲ

カバー画／著者

詩集
風駅

I

梅ひらくとき

梅の花がひらくとき
音が聞こえるといったひとがいる
笙の音《ね》のような大気にしみわたる音だと

私は梅のひらく音を聴いたことはない
厳しい冷気に切りこむように咲く清々しさ
その時　梅は音を奏でているのだろう

そのひとの傍に寄り添うとき

音ではないなにかが聞こえるような気がする
ひとり寒風の中に立ち尽くしているとき
寡黙に何かを見詰めているとき
たしかに聞こえるもの

体温でもない　鼓動でもない　香りでもない
そのひとの肩のあたりから立ち上がる
ひそやかで力づよいもの
きっとそんなときなのだろう　そのひとが
梅のひらく音を聴いているのは

蓬

住まう人の途絶えて久しい家の庭先に
今年も　ひと群れの蓬が芽吹いた
去年の春より　いちだんと緑を濃くして

その家でひとり暮らしを続けた女《ひと》は
これは近くの野道から移したのだと楽しげに語り
毎年　新芽を摘み　草餅を作るのだった

夫の好物だったのよと　仏前に供え　それから

濃いめの煎茶を添えて　馳走になった
摘みたての蓬は　やさしい青臭さで香った

晩春とも初夏ともつかぬ穏やかな季節は
ぽったりと日暮れて……そして　その女も
呼ばれるように刻の薄闇にとけこんでいった

もう　明日にはこの荒れ果てた家屋も庭も
手荒く取り壊され　こんもりと繁った蓬も
容赦なく剝ぎ取られてしまうことだろう

垣根から手をのばし　今日で最後の蓬を摘む
その女の残した蓬は　しっとりと柔らかく
指先を　草色にすこし汚した

紫陽花の庭

卒寿を過ぎても　ひとり暮らしのハツさんは
綿帽子のように真っ白い猫にユキと名づけて
南向きの縁側で　歌うように語りかけながら
終日　ゆうらゆうらと　うたた寝をしていた
ほどなくハツさんは　近所の茶飲み友だちに
ユキを託し　隣町の老人介護施設に入所した

その日からユキは　雨戸の閉じられたベラン
ダにうずくまり　雨の日も風の日も動かない

秋が往き冬も終わる頃には　さすがにユキの
姿は見かけなくなり　その家にはハツさんの
孫を名乗る若い家族が暮らし始め　幼子たち
の声にハツさんやユキの記憶は薄れていった

初夏　ハツさん丹精の紫陽花が色鮮やかに花
房を競いはじめた頃　その紫陽花の根もとに
小さな白い骨があったのよと　若い母親は声
をひそめて立ち話をしていた
数日後　通りがかりのわたしを呼び止めると
（骨は紫陽花の根もとに埋めてやりました）
重ねて母親は　楽しげに付け加えた
（子供にせがまれて猫を飼うことにしました）

今日も　陽あたりのよい縁側では　綿帽子の
ような真っ白い子猫が丸く眠っている　その
傍らでは　洗いざらしの割烹着姿のハツさん
が　ゆうらゆうらと　うたた寝をしている

花を掃く　――木香薔薇

花を掃く
散り敷いた薔薇の花びらを掃く

数年前
棘のない薔薇だと　友から苗を貰い受け
道添いの塀に添わせて植えた
頼りなげに新しい蔓をのばし始めた薔薇は
気がつけば　塀の大半を覆い隠してしまった

初夏ともなれば
黄色い花が重なり合い　咲き匂う
通りがかる人は　いっとき足を止め
花を愛でたあと　棘のないことに驚く

棘を持つことのさびしさ
棘を捨てたことのやすらぎを
知り尽くして老いた女人《ひと》は
ほんの一枝を所望し
辛い足を庇いながら　辻を曲がって行った

咲き揃い　散り終えた薔薇は
無邪気に手箒にまとわりつきながら
今年の　花を畢《おわ》る

そよ風　――宮古島にて

南西諸島の春は　気まぐれ
なかなか　とっておきの表情を見せてはくれない
思春期の少女のお天気のように
カラリと晴れたかと思えば　すぐに風雨に変わる

今日の風は　風速二十メートルはあるでしょう　でも
これくらいはそよ風です
この島で生まれ育ったという若いバスガイドは
小麦色の肌を光らせる

わたしたちは　島に寄り添って生きています
サトウキビも地を這う品種に改良されました

自然と折り合いをつけながら生きる島人の
しなやかな智恵を見習うように
東シナ海へ逞しく突き出た東平安名岬《ひがしへんなみさき》の断崖には
小振りながら　しっかりと根をはったヒメユリが
健気に首をもたげている

白桃
――いまは亡き詩人Iさんへ

そのひとは　白桃を　ひとつ
わたしの前に置いた
白磁の皿に載せられた果実は
午後の日差しの中で
しずかな影を抱いていた

初めて訪れた家の
初めて出会ったひとの
ただ　詩を書くというだけの縁で

白桃

つながり合った二人の間に置かれた

どうぞ　召し上がれ
今朝　故郷《いなか》から届いたばかり
皮は指で簡単に剝けますよ
そのひとは　自分の白桃の皮をとりながら言った
皮は不思議なほど素直に剝け
乳色の柔らかな素肌をあらわした
わたしは　そのひとの手もとに見惚れていた
美しい指先だと思った

わたしたちは　静かに白桃を食べた
詩の話など何もせず
ほったりと熟した果肉を潰さぬように

やさしく口にはこばねばならなかった
〈甘い〉だけでは言いつくせぬものに
まずしい言葉など無用だった……そして

その日は　そのまま別れた
そのひととの間には　どんな言葉も空しいことを
白桃の香りと一緒に胸にしまって　帰った

きんもくせい

ちいさな　ひとことが
わすれかけていた　きずを
いっそう　ふかくした　ひぐれ
ほろ　ほろ　ほろと
あきが　こぼれています

くうを　つかむ　せみの　ぬけがら
ひからびた　とかげの　しっぽ
あおくひかる　かなぶんの　はね

わかかった　ちちの　せなか
やわらかだった　ははの　ちぶさ
おさなすぎた　わたしの　ゆめ

どれも　どれも　とおくて　ちかい
おもいだしたい………わすれたい

ゆうべになっても
ひとよ　あけても　まだ
ふりつづく　きんいろの　あめ

晩秋の刻

睡蓮鉢の数匹のメダカも　水草の裏にひそんで
めったに姿を見せなくなった
鮮やかに色づいた葉をふりほどきながら
花水木は　すでに次の生命を抱きはじめ

風が　名残りの金木犀をゆらして
透明な香りを石畳に零しつづけている今朝
隣家の生け垣に薄桃色の昼顔　ひとつ
ちいさな夏の忘れもの

ただただ　仕事ひとすじに生きてきた友が
ふとした縁で良き伴侶とめぐり合い
かけがえのない生命を育みはじめた　この秋
自分の時間だけを守ってきたあとの
この豊かさは何だろうと涙ぐむ

視点を上げれば
おおらかに裾模様をひろげ始めた鰯雲に
夕日が　明日を約束している

氷の花　――シモバシラ

奥多摩連山の遠い稜線も未だ明けやらぬ
大寒の朝　枯れきったはずの野草の茎の
根もとから　ガラス細工と見まがう純白
の氷の花がひらき始める　約束のように

シモバシラという一見なんの変哲もない
野草が　狭い庭の片隅に根づいて　もう
何年になるだろう　武蔵野の山野に自生
するというその野草は　夏には深緑の葉

を繋らせ　秋には白い小花をつけたあと
ささやかで目立たぬ種を実らせる

寒さも極まった早朝《あさ》　茎や根に残された
わずかな水分が　激しい冷気で凍りつく
凍りながら茎や根を押し割り　吹き出し
氷の花弁《はなびら》を　いく層にも重ね重ねてゆく

日が射し　野鳥の囀りが庭先に遊ぶころ
満開の氷の花は　消滅の時刻《とき》をむかえる
いまここに在ったことさえ忘れる儚さで
氷の花は　明日の約束を　したがらない

II

空あります

（ママぁ　お空　売ってるの）

母親の先を歩く男の子が　指差しながらたずねる
商店やビルの入り組んだ路地の
ケーキ屋と月極め駐車場の境に立てられた
一本の幟り旗

空あります

文字を覚え始めて間もない男の子には

看板の「駐車場」の文字は　まだ難しい
（お空　買おうか？）
母親は　空を指差しながら楽しげにたずねる
（……ううん　でも　あのお空ならいらないや
おばあちゃんちのお空がいいな　ぼく）
（そうねぇ　ママも）

あの吸い込まれそうに透明な　朝の空
燃え落ちる鮮やかな　夕焼けの空
いまにも星がこぼれ落ちそうな　夜の空
二人は　遠い目をして空を見あげる

幼い少年の思いを壊さぬように

狭い空は空のままで揺れてはいるけれど
ビルの谷間の空《ソラ》には空《アキ》がない

挨拶

今年も　ツバメがやってきた
開店したコンビニの軒先を　いったりきたり
去年のツバメだろうか

八百吉のおかみさんは
毎年やってくるツバメを心待ちにしていた
ツバメもきまって店の軒下の古巣で卵を産んだ
おかみさんは巣の下にコウモリ傘を逆さにひろげて
商品が汚れないようにした

「今年は　五個も卵を産んだよ」
店に来る客に孫の自慢話をするように話した

八百吉の親父さんが心臓発作で倒れて　まもなく
店が閉じられ　更地になり　コンビニが開店した頃
今年も　ツバメはやってきた
さがしてもさがしても　懐かしい場所はない
それでも　ツバメは八百吉をさがしつづけていた

梅雨明けの今日　八百吉のおかみさんは
すぐ隣の運送屋の軒下にツバメの巣を見つけた
ツバメは　三羽の子ツバメを引き連れて
商店街の上を旋回している

「うちの子を　よろしくね」
八百吉のおかみさんが
運送屋の事務所へ挨拶に来たという

ネジを巻く

（日曜日には　かならずネジを巻くように）
予定のたたぬ長い入院をする朝
男は　言った

いまも律儀に時を刻むネジ巻き式の置時計は
文字盤もくすみ　塗りも落ちかけている

企業戦士という呼び名が幅を利かせていた時代《ころ》
新研究所完成記念に贈られたものだ
裏面の消えかけた金色の文字が　かすかに読みとれる

休日はこの時計のネジを巻くだけの日
早朝から深夜まで　この時計のように動き続けた男
身を削ってまで……という言葉を
胸底で反芻しつづけた女にしてみても
秒針が止まらぬことを　ひたすら祈りながら
家庭というささやかなネジを巻き続けてきた

錆びつき　すり減った部品を取り除き
手当てしながら生きる男の　再入院する背中に
女は　さらりと言う
（わたしだって　忘れっぽくなってきたのだから
早く帰って　ちゃんと自分でお巻きなさい）
男は　聞こえぬ振りをして　爪を切っている

ステ叔母さん

ステ叔母さんは自分の名前が好きではありません
ステ　なんて　辛く哀しい名前ですから
九人姉兄の九番目　そのうえに五人目の女の子と
きたら　さすがの父親もどっと気落ちした表情《かお》で
赤ん坊の顔も見ないまま言ったそうです
（また女子《おなご》か　ステとでもしておけ）
富国強兵　男の子なら戦でお役にたつが　女の子
はお国の為にはならぬ　そんな時代でしたから
自分は望まれぬ子　捨てられた子だと言い聞かせ

ながら育ちました

それでも十七の時　父親の言うがままに結婚式の
当日まで顔も知らない男に嫁ぎ　これでようやく
自分も親の役にたてたと安堵したものでした
相手の男は腕のいい菓子職人で　酒好きなことさ
え辛抱すれば何とか暮らしはたちゆき　ステとい
う因果な名もさして気にせず　平穏無事にやって
ゆけると気を緩めた矢先　神隠しにでも遭ったよ
うに　男は幼なじみの芸妓と姿を晦ませてしまい
それからの叔母さんの生き様《よう》を聞けば　よくぞこ
れまでと　呆れるやら可笑しいやら悲しいやらで
半日がかりの茶飲み話になるのでした

（そうや　きっとステいう名が祟ったのやろなぁ）
叔母さんは猫たちの頭を撫でながら言います

叔母さんが捨て猫を飼い始めたのは　いつの頃か
らかはよく知りません　知り合った頃にはすでに
七匹もの野良猫の面倒をみていましたから
（ステが捨て猫を飼う　笑い話に……なるやろ）
八十三歳の叔母さんはカラカラカラと笑いますが
冬の縁先の日だまりは　繰り返し語られながらも
その度ごとに少しずつ変わる叔母さんの壮絶な身
の上話と　思い思いにひろげた猫たちの柔らかな
お腹で　足の踏み場もございません

風駅

ビル風が駅の売店の週刊誌をめくって通る
不倫の恋に破れた若手役者の
虚勢を張った横顔が見え隠れ

風は　足早に改札を通り抜ける
構内の自動販売機が
出張帰りの男に　熱いコーヒーを勧めている
百四十円…　男は小銭を何度もかぞえている

一番ホームへのエスカレーターを降りると
いきなりの夕陽　風は一瞬たじろぐ
番いの鳩が　今日の欠片を啄ばみながら
ほつほつと　長い影をひいてゆく

各駅停車の電車が音もなく滑り込んでくる
隣駅の風が吐き出され　入れかわりに
この駅の風が吸い込まれる
ドアは　乗り遅れた風を不機嫌に遮断する

乗りはぐれた若者の舌打ちを尻目に
風は　暮れかけた改札への階段を引き返し
駅前の居酒屋の色褪せた暖簾を揺らしはじめる

目ぐすり

目薬が落ちてくるのが　おっかねぇんだよなぁ
落ちる寸前に　目を瞑っちまうから
目薬がいくらあっても足りやぁしねぇ

辰つぁんは　がっしりとした図体を縮めて笑う
白内障治療の点眼の一滴が
建設現場で荒くれ者を仕切ってきた男の
ウイークポイントなのだ

仕方がないですなぁ
眼科に行くたびに呆れ顔をされる
辰　いいかげんにおしよ
死んだおふくろまで夢に出てきて小言を言う

もう　手術するしかねぇって医者がぬかすから
しばらく　ここにも寄れねぇよ
酒灼けの浅黒い顔をすこし曇らせ
二度も命懸けの手術をした腰をさすりながら
残った番茶を飲み干す

脇でうたた寝をしていた老猫《ねこ》が
辰つぁんの足の裏をほろほろと舐めている

春の駅前広場で

春の駅前広場の夕暮れどきは
散り敷いた桜の花びらが　風と戯れながら
帰宅を急ぐ人の足もとに　まとわりついてゆく

駅前コンコースへの出入口の近くで
墨染めの衣に編み笠姿の僧が　喜捨の器を持ち
聞き取れぬほどの声で読経をあげている
日焼けした横顔は　まだ若い

そのすぐ脇の廂のある通路では
小柄な初老の男が印刷物を配っている
（神は　あなた方のことをお見捨てにはなりません）
横のスピーカーは　穏やかに語りかけている

母親に手を引かれた幼い少女が
僧の前に立ち止まり　編み笠の内を覗き込む
僧は　薄くほほ笑みかけ読経を続ける
それから　少女はスピーカーの男へ近づく
男は　少女の頭を撫で印刷物を手渡す
少女は母親の許に駆け寄り　小声で何かをささやく
母親も　耳元で少女にささやく

「ホ　ト　ケ　サ　マ　・　カ　ミ　サ　マ」

怪訝な表情で　つぶやく少女
（はじめて出会う不思議なコトバ……）
少女はあらためて二人を振り返ると
母親の手をしっかり握り締め
追いすがる桜吹雪の中
改札への人込みに吸い込まれて行った

棄てられる

街外れの小高い丘の中腹にペットの墓地はある
北風の辛い二月の夕暮れに　ふらりと迷い込み
そのまま居ついて死んだ猫もそこに眠っている
春まだ浅い午後　その丘まで散策の足をのばす

小さな慰霊碑の周りにはコーヒー壜やジャム壜
などに納めた犬や猫の写真や供物が並べられ
線香の香りの中　それぞれに花が手向けてある
私が供えた猫の写真の壜は　すでに見当らない

葬ってから　もう三年も経っているのだから
線香に咽せながら慰霊碑に手を合わせる……と
視界の隅を黒い影が素早く横切った
小動物のようで　口には何かをくわえていた
この森に棲む鼬や狸ではなさそうに思えた
「ハクビシンかアライグマですよ　たぶん」

近くで雑草を抜いていた年配の職員が言った
「無責任な飼い主が居て　手に負えなくなると
いとも簡単に　この森に棄てていくんです
犬や猫はもちろんのこと　山羊や鶏まで棄てる
者までいます」

男は雑草や塵芥を袋に詰めながらつけ加える
「棄てられた鶏って飛ぶんですよ　外敵から身
を守るために木の上で眠るんです　近頃は輸入
のペットがよく棄てられます　いま見かけた生
き物たちは　ここの供物で生き延びています」

手厚く葬られた動物の供物で生命を繋ぐ哀れさ
棄てられて初めて飛ぶ智恵を覚える傷ましさ
供物を盗み去りながらキラリと見せた鋭い視線
が　土地を奪われ国を追われる多くの難民の
深い悲しみ苦しみ　激しい怒りに重なり合った

Ⅲ

むらのはなし

授業

谷間の村は　一面の蓮華畑だった
蓮華草が湧き出るように咲きひろがり
花の匂いに誘われた虫たちが飛びかい
早々に目覚め（させられ）た青大将が
大慌てで土手を這い上がっていった

あの日　何の　授業だったのだろう

担任のフミコ先生は
蓮華の花を摘み　花の蜜を吸ってみせた
（甘かぁ……）　カズコうっとりと呟く
（蜜蜂が寄ってくるはずたい）と　テツヲ
フミコ先生は　蓮華畑の真ん中で大の字になった
一年一組十九名も　そろって大の字になる
生まれたての春風が　頬を撫でてゆく
まわりの山に囲まれた真っ青な空が見える
フミコ先生は　歌うように言う
（空は広かねぇ　あっちの山の向こうも空
そっちの山の向こうも空　ずうーっと　空
みんなは　山の向こうの空を見とうはなかか？）

まもなく　わたしは海の町へ引っ越し

村の中学を卒業した同級生たちも
それぞれに村を離れ……あれから

山と山との間に窮屈そうに広がっていた
目に染みいるような空の色に出会うことはなく
ただただ　薄青いビルの谷間の空だ

（あの日は　いったい何の授業だったんだろうな）
久しぶりに出会ったショウヘイが呟く

むらのはなし

行ってしまったサーカスの

サーカスが行ってしまった夕暮れは
秋祭りの幟旗も注連縄も　さっぱり取り払われ
踏み拉かれた雑草だけが
一息ついて　夕日を浴びている
手品師の手から逃れた白い鳩　一羽
ぐーるるぅ　ぐーるるぅと
すずかけの梢で　鳴いている

ジンタでラッパを吹いていた男の
左手の小指が根もとから無かった不思議
道化師を廃業したらしい初老の男が
昨夜　下りの最終列車に乗っていったと
駅員は声を落として待合の客たちに話す

ライオンの曲芸に怯えた弟の夜泣き
連れていかねばよかったと　母の嘆息が
団扇の風に混じって流れる夜更け
謎めいた世界をほんのいっとき覗き見て
やわらかい胸の底に育ちはじめた
ゆらゆらした説明のつかない感傷

がらんとなった境内にそそりたつ大銀杏

ひと晩で黄金色に染まった今朝は
十三歳の少女に訪れた初潮の朝

むらのはなし

善太郎柿

村外れの往還が二股に分かれる辺りに一本の柿の
大木があり　秋ともなれば小振りな実を枝もたわ
わに実らせる　その傍らには片耳の欠けた石の地
蔵尊がひっそりと佇んでおられた
村を出てゆく者は　そこで草鞋の紐を結び直し
戻り来る者は　ほっと安堵し木の下で汗を拭った
村人は　繁った枝を刈り詰めもせず　柿の木はい
よいよ枝を広げ影を深くして　行き過ぎる者の背

をやさしく撫で癒すのだった　いつの頃からか村
人は　その柿の木を善太郎柿と呼んだ
ふた親を流行病で亡くした善太郎は　村外れに住
む祖母と二人暮らしとなり寂しさとひもじさを紛
らすためにその柿をもぎとり隠れて食った　村人
は誰も咎めず見て見ぬふりをした

ある朝　善太郎はその柿の木の根方に寄り掛かっ
て死んでいた　袖の中にも懐にもまだ熟さぬ青い
柿を詰め込んでいた　婆さまにも食わせるつもり
だったのだろうよと村人たちは囁き合った　婆さ
まも程なく去《い》んだ　それからその柿の木を村人は
善太郎柿と呼び　柿が実っても採るものはなく
野鳥たちへの恵みの木守りとなり　通りがかる旅

人の口なぐさみともなった

今ではその往還も国道と呼ばれ　道幅はずんと広
がり　辺りの田畑は洋菓子のような住宅で埋めつ
くされ　善太郎柿の居場所もほんの僅かになった
大らかに広がっていた枝は伐り詰められ　腰の曲
がった老女が佇んでいる様で痛ましいが　それで
も秋ともなれば数えるほどの実を稔らせ　野鳥へ
のささやかな楽しみを残してやっている
片耳のとれた地蔵尊は　いまでもうすれたほほ笑
みを残し草叢に横たわっておられ　その脇では
目を病んだ野良猫が　終日添い寝をしている

むらのはなし

ケン　ケン　パッ

往還の真ん中に　蠟石で十《とう》の輪を描き
つるつるに磨いた平たい小石を投げ入れ　跳んで遊ぶ
　ケン　ケン　パッ
　　ケン　ケン　パッ
村境の山の端に　夕陽が消えかけても
片陰の谷の小道が　うす闇にまぎれても
　ケン　ケン　パッ

ケン　ケン　パッ

いよいよ　蠟石の白線が見えなくなる頃
子供らは　いちばん最後の輪の中に飛び込んでゆく
ケン　ケン　パッ
ケン　ケン　パッ

みんな何処へ消えたのだろう
蠟石も小石の欠片も　まだ
ポケットの底に残っているというのに
往還の白い輪は　もう闇に滲んでしまい
一番先に消えたはずの俺だけが　ここに居て
おふくろの呼ぶ声だけが
谷川の瀬音に混じって聞こえる

とうとうこの村も　爺《じい》と婆《ばあ》だけになり
採りはぐれた柿の実ばかりが賑やかな晩秋《あき》
ケーン　ケーン　ケーンと
もの真似上手な番いの雉が　しんみりと啼くばかり

むらのはなし

赤とんぼ連想

燃え残りの夕焼けの中　赤とんぼが　一匹
影絵になって　葦の穂先に止まっている
羽をふるわせては翔び　また　そこへ戻る

＊

晴天の夏の早朝　湖畔の町*では
孵化したばかりの赤とんぼの大群が
ひとかたまりの大きな雲が流れるように

いっせいに　たおやかに
県境の山へ向かって翔びたつ日がある
誰に呼ばれているのだろう

＊

近い昔　人間のつくった赤とんぼ達が
南の海へ向かって飛び立った日が　確かにあった
熱い血潮の胸に　深い悲しみを押し込めて
水平線の奥に消えた日の夕焼け

＊

大地震に襲われた東北の町で

崩れた建物に閉じ込められた老夫婦が
瓦礫の下敷きになり動けぬ夫の傍らで
救助の手を待ちながら　妻が歌い続けていた歌

ゆうやけ　こやけの　あかとんぼ
おわれてみたのは　いつのひか

やまのはたけの　くわのみを
こかごにつんだは　まぼろしか

＊

一匹の赤とんぼが
目にいっぱいの夕日を湛えながら

舗道の隅に落ちている

＊　びわ湖。

むらのはなし

冬景色

奥多摩山塊の連なるその奥に
悠然と立ち上がる孤高の山　富士
その頂に雪煙の立つ朝は　いちだんと寒さが厳しい

開発の波に押し流されながらも
わずかに残った梨畑では　寒風で新芽が乾くので
園主は　剪定の時期を計りかねている
肥沃な農地を削り　拡げられた幹線道路を

昼夜たがわず行き交う大型車両は
濁った息をキャベツ畑に吹きかけてゆく

町の大半を陣取っていた自動車工場が
埃を払って姿を消した日から
広大な空き地が脱け殻のように残された
程なくその一角には　空中楼閣の風情で
大型のショッピングモールが浮かび上がり
夜空の星座を淡くぼかしている

それにひきかえ
旧街道添いの銀座通りは　閑古鳥が鳴き交わし
錆びたシャッターは閉まったきり
銀座通りから　さほど遠くないモール街は

今宵も明るく着飾り
陽気に船出するのだろう

茜色にかがやく霊峰は　残照の中
変わりゆく今日を　冷徹に見下ろしている

むらのはなし

こんぴら公園は

こんぴら公園は　街はずれの山裾にひっそりとある
公園の真ん中には染井吉野の古株が腰を据えている
花の頃には満開の花枝が公園を覆い隠し　仄暗い

こんぴら公園は　山茶花の生け垣で囲まれている
晩秋から初冬にかけて花びらをほろほろと零し散り
敷くので　根もとは紅色の帯を広げたように見える

幼い息子を連れた父親が　桜の木で木登りを教える
怯えて滑り落ちた息子の膝の擦り傷を　優しく舐め
皺だらけのハンカチで　涙を拭いてやっている

中年のタクシー運転手は公園の片隅にある手洗いを
つかった後　ベンチに寝転び大きな欠伸び　ひとつ
腕を枕に帽子を胸に　しばしのうたた寝をむさぼる

わが家への戻り道を忘れた老女が途方に暮れたまま
ベンチを動かない　ようやく捜し当てたらしい孫娘
と〈ふるさと〉を歌いながら帰ってゆく

こんぴら公園は　この街が村と呼ばれる頃からあり
春秋の大祭ともなれば御旅所になったが　いまでは

もう　若い衆のワッショイの声を聞くこともない

それでも　こんぴら公園の草取り奉仕の老人たちは
昨日のことのように思い起し　懐かしみ　茶を汲み
持参の駄菓子を摘み合い　世知辛い今日を忘れる

こんぴら公園は　ほどなく訪れる夜の帳の真ん中に
寝そべり　数多の星座と会話を交わし始めるだろう
ヒトの知らない遥かな時間にまで遡ることだろう

かつて　ここは海であったこと　ゆったり隆起して
大地となり　やがてヒトの棲む島となった経緯《いきさつ》を
星たちは　早口で公園に語り聞かせることだろう

街外れの小さなこんぴら公園は　ブランコを揺らし
シーソーを軋ませながら聞き入るだろう　けれども
明日の早朝には　星の話を忘れてしまうことだろう

むらのはなし

ふんばる墓地

農地が豊かにひろがる中を
路線バスが行き交う国道が走り
その脇の高台には　忘れられたような墓地がある
先祖代々　守り継がれてきたその墓地は
排気ガスや砂ぼこりを浴びながらも
こんりんざい　動くわけにはゆかぬと
踏張っておられる

日々の騒がしさや　大気の汚れには
ご先祖様も　いささかうんざり気味には相違ない
それでも　春や秋の彼岸の季節《ころ》ともなれば
すっきりと雑草も刈り取られ
溢れるように花や線香や供物が供えられる

数年前
隣接する畑地が
あっさり　住宅地に取って代わり
洋菓子色の家が　数軒立ち並んだ
長期ローンか何かで求めたであろう若い家族が
屈託なく暮らし始めた

ほうれん草や小松菜に囲まれていたご先祖様も

これには　いかにも驚かれたであろうが
これも時代の波よと悟っておられるらしく
墓石の間を駆け回る子供たちを
いとおしげに眺めておられる

そのまた隣の茶畑では
最新式の茶摘機が　エンジン音を響かせながら
みずみずしい初夏の香りを刈り取っている

あとがきとして　――偶然と必然の間《はざま》で――

人がこの世に生を受けたことは　ほんの偶然
その偶然の中で生かされてきたということを
ようやく納得できる年齢になった気がする

両親の娘として生まれてきたことが偶然ならば
熊本は有明海の畔が故郷となったことも偶然
第二次世界大戦という荒波に飲み込まれたことが偶然ならば
一九四五年八月九日　長崎市への原爆投下を目撃したのも偶然

絵描きになりたいと両親を悩ませたことが偶然ならば
それを諦めるためにロッククライミングに奔ったのも偶然
周りの勧める結婚へ素直に踏み切ったのが偶然ならば
都会で家庭という細やかな砦を守り続けたことも偶然

癌という思いがけぬ病を宣告されたことが偶然ならば
良き医療に恵まれ必然を先延ばしにされたことも偶然
ふと何かに誘われて詩作へのペンをとり始めたのが偶然ならば
今日まで書き続けて来られたことは私にとっては最大の偶然

人生の終わりという必然に出会う日まで
あと幾つの偶然が私には残されているのだろう
訪れる偶然を心安らかに受け入れてゆきたいと思う
私の偶然にお付き合い下さる人たちに深く深く感謝しながら

＊

最後に、今回の詩集への暖かいご助言を頂きました中村不二夫様、そして、土曜美術社出版販売社主高木祐子様、ほんとうにありがとうございました。

深まる秋の午後に

山本みち子

著者略歴

山本みち子（やまもと・みちこ）

一九四〇年　熊本生まれ

著書　詩集『彦根』、『雛の影』、『やさしい習性』、『きらら旅館』、『万華鏡』、『海ほおずき』、『オムレツの日』、『夕焼け買い』（第18回丸山薫賞、第7回詩歌句大賞詩部門奨励賞）、『雲の糸』

所属　日本現代詩人会、日本詩人クラブ、近江詩人会（会友）「馬車」、「む」、「真白い花」、「千年樹」

住所　〒二〇八―〇〇二二　東京都武蔵村山市三ツ藤一―四六―九

詩集 風《かぜ》駅《えき》

発行 二〇一九年十一月三十日

著者 山本みち子

装丁 直井和夫

発行者 高木祐子

発行所 土曜美術社出版販売

〒162-0813 東京都新宿区東五軒町三—一〇

電話 〇三—五二二九—〇七三〇

FAX 〇三—五二二九—〇七三二

振替 〇〇一六〇—九—七五六九〇九

印刷・製本 モリモト印刷

ISBN978-4-8120-2547-5 C0092